**Dante Alighieri**

# De Vulgari Eloquentia

**Dantis Alagherii de Vulgari Eloquentia libri duo**

**LIBER PRIMUS**

I

1. Cum neminem ante nos de vulgaris eloquentie doctrina quicquam inveniamus tractasse, atque talem scilicet eloquentiam penitus omnibus necessariam videamus, cum ad eam non tantum viri sed etiam mulieres et parvuli nitantur, in quantum natura permictit, volentes discretionem aliqualiter lucidare illorum qui tanquam ceci ambulant per plateas, plerunque anteriora posteriora putantes, Verbo aspirante de celis locutioni vulgarium gentium prodesse temptabimus, non solum aquam nostri ingenii ad tantum poculum aurientes, sed, accipiendo vel compilando ab aliis, potiora miscentes, ut exinde potionare possimus dulcissimum ydromellum.

2. Sed quia unamquanque doctrinam oportet non probare, sed suum aperire subiectum, ut sciatur quid sit super quod illa versatur, dicimus, celeriter actendentes, quod vulgarem locutionem appellamus eam qua infantes assuefiunt ab assistentibus cum primitus distinguere voces incipiunt; vel, quod brevius dici potest, vulgarem locutionem asserimus quam sine omni regola nutricem imitantes accipimus.

3. Est et inde alia locutio secondaria nobis, quam Romani gramaticam vocaverunt. Hanc quidem secundariam Greci habent et alii, sed non omnes: ad habitum vero huius pauci perveniunt, quia non nisi per spatium temporis et studii assiduitatem regulamur et doctrinamur in illa.

4. Harum quoque duarum nobilior est vulgaris: tum quia prima fuit humano generi usitata; tum quia totus orbis ipsa perfruitur, licet in diversas prolationes et vocabula sit divisa; tum quia naturalis est nobis, cum illa potius artificialis existat.

5. Et de hac nobiliori nostra est intentio pertractare.

II

1. Hec est nostra vera prima locutio. Non dico autem 'nostra' ut et aliam sit esse locutionem quam hominis: nam eorum que sunt omnium soli homini datum est loqui, cum solum sibi necessarium fuerit.

2. Non angelis, non inferioribus animalibus necessarium fuit loqui, sed nequicquam datum fuisset eis: quod nempe facere natura aborret.

3. Si etenim perspicaciter consideramus quid cum loquimur intendamus, patet quod nichil aliud quam nostre mentis enucleare aliis conceptum. Cum igitur angeli ad pandendas gloriosas eorum conceptiones habeant promptissimam atque ineffabilem sufficientiam intellectus, qua vel alter alteri totaliter innotescit per se, vel saltim per illud fulgentissimum Speculum in quo cuncti representantur pulcerrimi atque avidissimi speculantur, nullo signo locutionis indiguisse videntur.

4. Et si obiciatur de hiis qui corruerunt spiritibus, dupliciter responderi potest: primo quod, cum de hiis que necessaria sunt ad bene esse tractemus, eos preferire debemus, cum divinam curam perversi expectare noluerunt; secundo et melius quod ipsi demones ad manifestandam inter se perfidiam suam non indigent nisi ut sciat quilibet de quolibet quia est et quantus est; quod quidem sciunt: cognoverunt enim se invicem ante ruinam suam.

5. Inferioribus quoque animalibus, cum solo nature instinctu ducantur, de locutione non oportuit provideri: nam omnibus eiusdem speciei sunt iidem actus et passiones, et sic possunt per proprios alienos cognoscere; inter ea vero que diversarum sunt specierum non solum non necessaria fuit locutio, sed prorsus dampnosa fuisset, cum nullum amicabile commertium fuisset in illis.

6. Et si obiciatur de serpente loquente ad primam mulierem, vel de asina Balaam, quod locuti sint, ad hoc respondemus quod angelus in illa et dyabolus in illo taliter operati sunt quod ipsa animalia moverunt organa sua, sic ut vox inde resultavit distincta tanquam vera locutio; non quod aliud esset asine illud quam rudere, neque quam sibilare serpenti.

7. Si vero contra argumentetur quis de eo quod Ovidius dicit in quinto Metamorfoseos de picis loquentibus, dicimus quod hoc figurate dicit, aliud intelligens. Et si dicatur quod pice adhuc et alie aves locuntur, dicimus quod falsum est, quia talis actus locutio non est, sed quedam imitatio soni nostre vocis; vel quod nituntur imitari nos in quantum sonamus, sed non in quantum loquimur. Unde si expresse dicenti 'pica' resonaret etiam 'pica', non esset hec nisi representatio vel imitatio soni illius qui prius dixisset.

8. Et sic patet soli homini datum fuisse loqui. Sed quare necessarium sibi foret, breviter pertractare conemur.

III

1. Cum igitur homo non nature instinctu, sed ratione moveatur, et ipsa ratio vel circa discretionem vel circa iudicium vel circa electionem diversificetur in singulis, adeo ut fere quilibet sua propria specie videatur gaudere, per proprios actus vel passiones, ut brutum anirnal, neminem alium intelligere opinamur. Nec per spiritualem speculationem, ut angelum, alterum alterum introire contingit, cum grossitie atque opacitate mortalis corporis humanus spiritus sit obtectus.

2 Oportuit ergo genus humanum ad comunicandas inter se conceptiones suas aliquod rationale signum et sensuale habere: quia, cum de ratione accipere habeat et in rationem portare, rationale esse oportuit; cumque de una ratione in aliam nichil deferri possit nisi per medium sensuale, sensuale esse oportuit. Quare, si tantum rationale esset, pertransire non posset; si tantum sensuale, nec a ratione accipere nec in rationem deponere potuisset.

3. Hoc equidem signum est ipsum subiectum nobile de quo loquimur: nam sensuale quid est in quantum sonus est; rationale vero in quantum aliquid significare videtur ad placitum.

IV

1. Soli homini datum fuit ut loqueretur, ut ex premissis manifestum est. Nunc quoque investigandum esse existimo cui hominum primum locutio data sit, et quid primitus locutus fuerit, et ad quem, et ubi, et quando, nec non et sub quo ydiomate primiloquium emanavit.

2. Secundum quidem quod in principio Genesis loquitur, ubi de primordio mundi Sacratissima Scriptura pertractat, mulierem invenitur ante omnes fuisse locutam, scilicet presumptuosissimam Evam, cum dyabolo sciscitanti respondit: 'De fructu lignorum que sunt in paradiso vescimur; de fructu vero ligni quod est in medio paradisi precepit nobis Deus ne comederemus nec tangeremus, ne forte moriamur'.

3. Sed quanquam mulier in scriptis prius inveniatur locuta, rationabilius tamen est ut hominem prius locutum fuisse credamus, et inconvenienter putatur tam egregium humani generis actum non prius a viro quam a femina profluxisse. Rationabiliter ergo credimus ipsi Ade prius datum fuisse loqui ab Eo qui statim ipsum plasmaverat.

4. Quid autem prius vox primi loquentis sonaverit, viro sane mentis in promptu esse non titubo ipsum fuisse quod 'Deus' est, scilicet El, vel per modum interrogationis vel per modum responsionis. Absurdum atque rationi videtur orrificum ante Deum ab homine quicquam nominatum fuisse, cum ab ipso et in ipsum factus fuisset homo. Nam sicut post prevaricationem humani generis quilibet exordium sue locutionis incipit ab 'heu', rationabile est quod ante qui fuit inciperet a gaudio; et cum nullum gaudium sit extra Deum, sed totum in Deo, et ipse Deus totus sit gaudium, consequens est quod primus loquens primo et ante omnia dixisset 'Deus'.

5. Oritur et hinc ista questio, cum dicimus superius per viam responsionis hominem primum fuisse locutum, si responsio fuit ad Deum: nam, si ad Deum fuit, iam videretur quod Deus locutus extitisset, quod contra superius prelibata videtur insurgere.

6. Ad quod quidem dicimus quod bene potuit respondisse Deo interrogante, nec propter hoc Deus locutus est ipsa quam dicimus locutionem. Quis enim dubitat quicquid est ad Dei nutum esse flexibile, quo quidem facta, quo conservata, quo etiam gubernata sunt omnia? Igitur cum ad tantas alterationes moveatur aer imperio nature inferioris, que ministra et factura Dei est, ut tonitrua personet, ignem fulgoret, aquam gemat, spargat nivem, grandinea lancinet, nonne imperio Dei movebitur ad quedam sonare verba, ipso distinguente qui maiora distinxit? Quid ni?

7. Quare ad hoc et ad quedam alia hec sufficere credimus.

V

1. Opinantes autem non sine ratione, tam ex superioribus quam inferioribus sumpta, ad ipsum Deum primitus primum hominem direxisse locutionem, rationabiliter dicimus ipsum loquentem primum, mox postquam afflatus est ab animante Virtute, incunctanter fuisse locutum. Nam in homine sentiri humanius credimus quam sentire, dumunodo sentiatur et sentiat tanquam homo. Si ergo faber ille atque perfectionis principium et amator afflando primum nostrum omni perfectione complevit, rationabile nobis apparet nobilissimum animal non ante sentire quam sentiri cepisse.

2. Si quis vero fatetur contra obiciens quod non oportebat illum loqui, cum solus adhuc homo existeret, et Deus omnia sine verbis archana nostra discernat etiam ante quam nos, - cum illa reverentia dicimus qua uti oportet cum de eterna Voluntate aliquid iudicamus, quod licet Deus sciret, immo presciret (quod idem est quantum ad Deum) absque locutione conceptum primi loquentis, voluit tamen et ipsum loqui, ut in explicatione tante dotis gloriaretur ipse qui gratis dotaverat. Et ideo divinitus in nobis esse credendum est quod in actu nostrorum effectuum ordinato letamur.

3. Et hinc penitus elicere possumus locum illum ubi effutita est prima locutio: quoniam, si extra paradisum afflatus est homo, extra, si vero intra, intra fuisse locum prime locutionis convicimus.

VI

1. Quoniam permultis ac diversis ydiomatibus negotium exercitatur humanum, ita quod multi multis non aliter intelligantur verbis quam sine verbis, de ydiomate illo venari nos decet quo vir sine matre, vir sine lacte, qui nec pupillarem etatem nec vidit adultam, creditur usus.

2. In hoc, sicut etiam in multis aliis, Petramala civitas amplissima est, et patria maiori parti filiorum Adam. Nam quicunque tam obscene rationis est ut locum sue nationis delitiosissimum credat esse sub sole, hic etiam pre cunctis proprium vulgare licetur, idest maternam locutionem, et per consequens credit ipsum fuisse illud quod fuit Ade.

3. Nos autem, cui mundus est patria velut piscibus equor, quanquam Sarnum biberimus ante dentes et Florentiam adeo diligamus ut, quia dileximus, exilium patiamur iniuste, rationi magis quam sensui spatulas nostri iudicii podiamus. Et quamvis ad voluptatem nostram sive nostre sensualitatis quietem in terris amenior locus quam Florentia non existat, revolventes et poetarum et aliorum scriptorum volumina quibus mundus universaliter et membratim describitur, ratiocinantesque in nobis situationes varias mundi locorum et eorum habitudinem ad utrunque polum et circulum equatorem, multas esse perpendimus firmiterque censemus et magis nobiles et magis delitiosas et regiones et urbes quam Tusciam et Florentiam, unde sumus oriundus et civis, et plerasque nationes et gentes delectabiliori atque utiliori sermone uti quam Latinos.

4. Redeuntes igitur ad propositum, dicimus certam formam locutionis a Deo cum anima prima concreatam fuisse. Dico autem 'formam' et quantum ad rerum vocabula et quantum ad vocabulorum constructionem et quantum ad constructionis prolationem: qua quidem forma omnis lingua loquentium uteretur, nisi culpa presumptionis humane dissipata fuisset, ut inferius ostendetur.

5. Hac forma locutionis locutus est Adam; hac forma locutionis locuti sunt omnes posteri eius usque ad edificationem turris Babel, que 'turris confusionis' interpretatur; hanc formam locutionis hereditati sunt filii Heber, qui ab eo dicti sunt Hebrei.

6. Hiis solis post confusionem remansit, ut Redemptor noster, qui ex illis oriturus erat secundum humanitatem, non lingua confusionis, sed gratie frueretur.

7 Fuit ergo hebraicum ydioma illud quod primi loquentis labia fabricarunt.

VII

1. Dispudet, heu, nunc humani generis ignominiam renovare! Sed quia preferire non possumus quin transeamus per illam, quanquam rubor ad ora consurgat animusque refugiat, percurremus.

2. O semper natura nostra prona peccatis! O ab initio et nunquam desinens nequitatrix! Num fuerat satis ad tui correptionem quod, per primam prevaricationem eluminata, delitiarum exulabas a patria? Num satis quod, per universalem familie tue luxuriem et trucitatem, unica riservata domo, quicquid tui iuris erat cataclismo perierat, et [que] commiseras tu animalia celi terreque iam luerant? Quippe satis extiterat. Sed, sicut proverbialiter dici solet 'Non ante tertium equitabis', misera miserum venire maluisti ad equum.

3. Ecce, lector, quod vel oblitus homo vel vilipendens disciplinas priores, et avertens oculos a vibicibus que remanserant, tertio insurrexit ad verbera, per superbam stultitiam presumendo.

4. Presumpsit ergo in corde suo incurabilis homo, sub persuasione gigantis Nembroth, arte sua non solum superare naturam, sed etiam ipsum naturantem, qui Deus est, et cepit edificare turrim in Sennaar, que postea dicta est Babel, hoc est 'confusio', per quam celum sperabat ascendere, intendens inscius non equare, sed suum superare Factorem.

5. O sine mensura clementia celestis imperii! Quis patrum tot sustineret insultus a filio? Sed exurgens non hostili scutica sed paterna et alias verberibus assueta, rebellantem filium pia correctione nec non memorabili castigavit.

6. Siquidem pene totum humanum genus ad opus iniquitatis coierat: pars imperabant, pars architectabantur, pars muros moliebantur, pars amussibus regulabant, pars trullis linebant, pars scindere rupes, pars mari, pars terra vehere intendebant, partesque diverse diversis aliis operibus indulgebant; cum celitus tanta confusione percussi sunt ut, qui omnes una eademque loquela deserviebant ad opus, ab opere multis diversificati loquelis desinerent et nunquam ad idem commertium convenirent.

7. Solis etenim in uno convenientibus actu eadem loquela remansit: puta cunctis architectoribus una, cunctis saxa volventibus una, cunctis ea parantibus una; et sic de singulis operantibus accidit. Quot quot autem exercitii varietates tendebant ad opus, tot tot ydiomatibus tunc genus humanum disiungitur; et quanto excellentius exercebant, tanto rudius nunc barbariusque locuntur.

8. Quibus autem sacratum ydioma remansit nec aderant nec exercitium commendabant, sed graviter detestantes stoliditatem operantium deridebant. Sed hec minima pars, quantum ad numerum, fuit de semine Sem, sicut conicio, qui fuit tertius filius Noe: de qua quidem ortus est populus Israel, qui antiquissima locutione sunt usi usque ad suam dispersionem.

## VIII

1. Ex precedenter memorata confusione linguarum non leviter opinamur per universa mundi climata climatumque plagas incolendas et angulos tunc primum homines fuisse dispersos. Et cum radix humane propaginis principalis in oris orientalibus sit plantata, nec non ab inde ad utrunque latus per diffusos multipliciter palmites nostra sit extensa propago, demumque ad fines occidentales protracta, forte primitus tunc vel totius Europe flumina, vel saltim quedam, rationalia guctura potaverunt.

2. Sed sive advene tunc primitus advenissent, sive ad Europam indigene repedassent, ydioma secum tripharium homines actulerunt; et afferentium hoc alii meridionalem, alii septentrionalem regionem in Europa sibi sortiti sunt; et tertii, quos nunc Grecos vocamus, partim Europe, partim Asye occuparunt.

3. Ab uno postea eodemque ydiomate in vindice confusione recepto diversa vulgaria traxerunt originem, sicut inferius ostendemus.

4. Nam totum quod ab hostiis Danubii sive Meotidis paludibus usque ad fines occidentales Anglie Ytalorum Francorumque finibus et Oceano limitatur, solum unum obtinuit ydioma, licet postea per Sclavones, Ungaros, Teutonicos, Saxones, Anglicos et alias nationes quamplures fuerit per diversa vulgaria dirivatum, hoc solo fere omnibus in signum eiusdem principio remanente, quod quasi predicti omnes jo affermando respondent.

5. Ab isto incipiens ydiomate, videlicet a finibus Ungarorum versus orientem, aliud occupavit totum quod ab inde vocatur Europa, nec non ulterius est protractum.

6. Totum vero quod in Europa restat ab istis, tertium tenuit ydioma, licet nunc tripharium videatur: nam alii oc, alii oil, alii sì affirmando locuntur, ut puta Yspani, Franci et Latini. Signum autem quod ab uno eodemque ydiomate istarum trium gentium progrediantur vulgaria, in promptu est, quia multa per eadem vocabula nominare videntur, ut Deum, celum, amorem, mare, terram, est, vivit, moritur, amat, alia fere omnia.

7. Istorum vero proferentes oc meridionalis Europe tenent partem occidentalem, a Ianuensium finibus incipientes. Qui autem sì dicunt a predictis finibus orientalem tenent, videlicet usque ad promuntorium illud Ytalie qua sinus Adriatici maris incipit, et Siciliam. Sed loquentes oil quodam modo septentrionales sunt respectu istorum: nam ab oriente Alamannos habent et ab occidente et settentrione anglico mari vallati sunt et montibus Aragonie terminati; a meridie quoque Provincialibus et Apenini devexione clauduntur.

IX

1. Nos autem oportet quam nunc habemus rationem periclitari, cum inquirere intendamus de hiis in quibus nullius autoritate fulcimur, hoc est de unius eiusdemque a principio ydiomatis variatione secuta. Et quia per notiora itinera salubrius breviusque transitur, per illud tantum quod nobis est ydioma pergamus, alia desinentes: nam quod in uno est rational[i], videtur in aliis esse causa.

2. Est igitur super quod gradimur ydioma tractando tripharium, ut superius dictum est: nam alii oc, alii sì, alii vero dicunt oil. Et quod unum fuerit a principio confusionis (quod prius probandum est) apparet, quia convenimus in vocabulis multis, velut eloquentes doctores ostendunt: que quidem convenientia ipsi confusioni repugnat, que ruit celitus in edificatione Babel.

3. Trilingues ergo doctores in multis conveniunt, et maxime in hoc vocabulo quod est 'amor'. Gerardus de Brunel:

Si-m sentis fezelz amics, per ver encusera amor.

Rex Navarre:

De fin amor si vient sen et bonté;

Dominus Guido Guinizelli:

Né fe' amor prima che gentil core, né gentil [cor] prima che amor, natura.

4. Quare autem tripharie principali[ter] variatum sit, investigemus; et quare quelibet istarum variationum in se ipsa variatur, puta dextre Ytalie locutio ab ea que est sinistre (nam aliter Paduani et aliter Pisani locuntur); et quare vicinius habitantes adhuc discrepant in loquendo, ut Mediolanenses et Veronenses, Romani et Florentini, nec non convenientes in eodem genere gentis, ut Neapoletani et Caetani, Ravennates et Faventini, et, quod mirabilius est, sub eadem civilitate morantes, ut Bononienses Burgi Sancti Felicis et Bononienses Strate Maioris.

5 Hee omnes differentie atque sermonum varietates quid accidant, una eademque ratione patebit.

6. Dicimus ergo quod nullus effectus superat suam causam, in quantum effectus est, quia nil potest efficere quod non est. Cum igitur omnis nostra loquela - preter illam homini primo concreatam a Deo - sit a nostro beneplacito reparata post confusionem illam que nil aliud fuit quam prioris oblivio, et homo sit instabilissimum atque variabilissimum animal, nec durabilis nec continua esse potest, sed sicut alia que nostra sunt, puta mores et habitus, per locorum temporumque distantias variari oportet.

7. Nec dubitandum reor modo in eo quod diximus 'temporum', sed potius opinamur tenendum: nam si alia nostra opera perscrutemur, multo magis discrepare videmur a vetustissimis concivibus nostris quam a coetaneis perlonginquis. Quapropter audacter testamur quod si vetustissimi Papienses nunc resurgerent, sermone vario vel diverso cum modernis Papiensibus loquerentur.

8. Nec aliter mirum videatur quod dicimus quam percipere iuvenem exoletum quem exolescere non videmus: nam que paulatim moventur, minime perpenduntur a nobis, et quanto longiora tempora variatio rei ad perpendi requirit, tanto rem illam stabiliorem putamus.

9. Non etenim ammiramur, si extimationes hominum qui parum distant a brutis putant eandem civitatem sub invariabili semper civicasse sermone, cum sermonis variatio civitatis eiusdem non sine longissima temporum successione paulatim contingat, et hominum vita sit etiam, ipsa sua natura, brevissima.

10. Si ergo per eandem gentem sermo variatur, ut. dictum est, successive per tempora, nec stare ullo modo potest, necesse est ut disiunctim abmotimque morantibus varie varietur, ceu varie variantur mores et habitus, qui nec natura nec consortio confirmantur, sed humanis beneplacitis localique congruitate nascuntur.

11 Hinc moti sunt inventores gramatice facultatis: que quidem gramatica nichil aliud est quam quedam inalterabilis locutionis ydemptitas diversibus temporibus atque locis. Hec cum de comuni consensu multarum gentium fuerit regulata, nulli singolari arbitrio videtur obnoxia, et per consequens nec variabilis esse potest. Adinvenerunt ergo illam ne, propter variationem sermonis arbitrio singulariurn fluitantis, vel nullo modo vel saltim imperfecte antiquorum actingeremus autoritates et gesta, sive illorum quos a nobis locorum diversitas facit esse diversos.

X

1. Triphario nunc existente nostro ydiomate, ut superius dictum est, in comparatione sui ipsius, secundum quod trisonum factum est, cum tanta timiditate cunctamur librantes quod hanc vel istam vel illam partem in comparando preponere non audemus, nisi eo quo gramatice positores inveniuntur accepisse 'sic' adverbium affirmandi: quod quandam anterioritatem erogare videtur Ytalis, qui sì dicunt.

2. Quelibet enim partium largo testimonio se tuetur. Allegat ergo pro se lingua oil quod propter sui faciliorem se delectabiliorem vulgaritatem quicquid redactum est sive inventum ad vulgare prosaycum, suum est: videlicet Biblia cum Troianorum Romanorumque gestibus compilata et Arturi regis ambages pulcerrime et quamplures alie ystorie ac doctrine.

3. Pro se vero argumentatur alia, scilicet oc, quod vulgares eloquentes in ea primitus poetati sunt tanquam in perfectiori dulciorique loquela, ut puta Petrus de Alvernia et alii antiquiores doctores.

4. Tertia quoque, [que] Latinorum est, se duobus privilegiis actestatur preesse: primo quidem quod qui dulcius subtiliusque poetati vulgariter sunt, hii familiares et domestici sui sunt, puta Cynus Pistoriensis et amicus eius; secundo quia magis videntur inniti gramatice que comunis est, quod rationabiliter inspicientibus videtur gravissimum argumentum.

5. Nos vero iudicium relinquentes in hoc et tractatum nostrum ad vulgare latium retrabentes, et receptas in se variationes dicere nec non illas invicem comparare conemur.

6. Dicimus ergo primo Latium bipartitum esse in dextrum et sinistrum. Si quis autem querat de linea dividente, breviter respondemus esse iugum Apenini, quod, ceu fistule culmen hinc inde ad diversa stillicidia grundat aquas, ad alterna hinc inde litora per ymbricia longa distillat, ut Lucanus in secundo describit: dextrum quoque latus Tyrenum mare grundatorium habet, levum vero in Adriaticum cadit.

7. Et dextri regiones sunt Apulia, sed non tota, Roma, Ducatus, Tuscia et Ianuensis Marchia; sinistri autem pars Apulie, Marchia Anconitana, Romandiola, Lombardia, Marchia Trivisiana cum Venetiis. Forum Iulii vero et Ystria non nisi leve Ytalie esse possunt; nec insule Tyreni maris, videlicet Sicilia et Sardinia, non nisi dextre Ytalie sunt, vel ad dextram Ytaliam sociande.

8. In utroque quidem duorum laterum, et hiis que secuntur ad ea, lingue hominum variantur: ut lingua Siculorum cum Apulis, Apulorum cum Romanis, Romanorum cum Spoletanis, horum cum Tuscis, Tuscorum cum Ianuensibus, Ianuensium cum Sardis; nec non Calabrorum cum Anconitanis, horum cum Romandiolis, Romandiolorum cum Lombardis, Lombardorum curn Trivisianis et Venetis, horum cum Aquilegiensibus, et istorum cum Ystrianis. De quo Latinorum neminem nobiscum dissentire putamus.

9. Quare ad minus xiiii vulgaribus sola videtur Ytalia variari. Que adhuc omnia vulgaria in sese variantur, ut puta in Tuscia Senenses et Aretini, in Lombardia Ferrarenses et Placentini; nec non in eadem civitate aliqualem variationem perpendimus, ut superius in capitulo immediato posuimus. Quapropter, si primas et secundarias et subsecundarias vulgaris Ytalie variationes calcolare velimus, et in hoc minimo mundi angulo non solum ad millenam loquele variationem venire contigerit, sed etiam ad magis ultra.

XI

1. Quam multis varietatibus latio dissonante vulgari, decentiorem atque illustrem Ytalie venemur loquelam; et ut nostre venationi pervium callem habere possimus, perplexos frutices atque sentes prius eiciamus de silva.

2. Sicut ergo Romani se cunctis preponendos existimant, in hac eradicatione sive discerptione non inmerito eos aliis preponamus, protestantes eosdem in nulla vulgaris eloquentie ratione fore tangendos. Dicimus igitur Romanorum non vulgare, sed potius tristiloquium, ytalorum vulgarium omnium esse turpissimum; nec mirum, cum etiam morum habituumque deformitate pre cunctis videantur fetere. Dicunt enim: Messure, quinto dici?

3. Post hos incolas Anconitane Marchie decerpamus, qui Chignamente scate, sciate locuntur: cum quibus et Spoletanos abicimus.

4. Nec pretereundum est quod in improperium istarum trium gentium cantiones quamplures invente sunt: inter quas unam vidimus recte atque perfecte ligatam, quam quidam Florentinus nomine Castra posuerat; incipiebat etenim

Una fermana scopai da Cascioli, cita cita se 'n già 'n grande aina.

5. Post quos Mediolanenses atque Pergameos eorumque finitimos eruncemus, in quorum etiam improperium quendam cecinisse recolimus

Enter l'ora del vesper, ciò fu del mes d'occhiover.

6. Post hos Aquilegienses et Ystrianos cribremus, qui Ces fas tu? crudeliter accentuando eructuant. Cumque hiis montaninas omnes et rusticanas loquelas eicimus, que semper mediastinis civibus accentus enormitate dissonare videntur, ut Casentinenses et Fractenses.

7. Sardos etiam, qui non Latii sunt sed Latiis associandi videntur, eiciamus, quoniam soli sine proprio vulgari esse videntur, gramaticam tanquam simie homines imitantes: nam domus nova et dominus meus locuntur.

1. Exaceratis quodam modo vulgaribus ytalis, inter ea que remanserunt in cribro comparationem facientes honorabilius atque honorificentius breviter seligamus.

2 Et primo de siciliano examinemus ingenium: nam videtur sicilianum vulgare sibi famam pre aliis asciscere eo quod quicquid poetantur Ytali sicilianum vocatur, et eo quod perplures doctores indigenas invenimus graviter cecinisse, puta in cantionibus illis

Ancor che l'aigua per lo foco lassi, et Amor, che lungiamente m'hai menato.

3. Sed hec fama trinacrie terre, si rccte signum ad quod tendit inspiciamus, videtur tantum in obproprium ytalorum principum remansisse, qui non heroico more sed plebeio secuntur superbiam.

4. Siquidem illustres heroes, Fredericus cesar et benegenitus eius Manfredus, nobilitatem ac rectitudinem sue forme pandentes, donec fortuna permisit humana secuti sunt, brutalia dedignantes. Propter quod corde nobiles atque gratiarum dotati inherere tantorum principum maiestati conati sunt, ita ut eorum tempore quicquid excellentes animi Latinorum enitebantur primitus in tantorum coronatorum aula prodibat; et quia regale solium erat Sicilia, factum est ut quicquid nostri predecessores vulgariter protulerunt, sicilianum voc[ar]etur: quod quidem retinemus et nos, nec posteri nostri permutare valebunt.

5. Racha, racha. Quid nunc personat tuba novissimi Frederici, quid tintinabulum secundi Karoli, quid cornua lohannis et Azonis marchionum potentum, quid aliorum magnatum tibie, nisi 'Venite carnifices, venite altriplices, venite avaritie sectatores'?

6. Sed prestat ad propositum repedare quam frustra loqui. Et dicimus quod, si vulgare sicilianum accipere volumus secundum quod prodit a terrigenis mediocribus, ex ore quorum iudicium eliciendum videtur, prelationis honore minime dignum est, quia non sine quodam tempore profertur; ut puta ibi:

Tragemi d'este focora se t'este a boluntate.

Si autem ipsum accipere volumus secundum quod ab ore primorum Siculorum emanat, ut in preallegatis cantionibus perpendi potest, nichil differt ab illo quod laudabilissimum est, sicut inferius ostendemus.

7. Apuli quoque vel sui acerbitate vel finitimorum suorum contiguitate, qui Romani et Marchiani sunt, turpiter barbarizant: dicunt enim

Volzera che chiangesse lo quatraro.

8. Sed quamvis terrigene Apuli loquantur obscene comuniter, prefulgentes eorum quidam polite locuti sunt, vocabula curialiora in suis cantionibus compilantes, ut manifeste apparet eorum dicta perspicientibus, ut puta

Madonna, dir vi volglio, et Per fino amore vo si letamente.

9 Quapropter superiora notantibus innotescere debet nec siculum nec apulum esse illud quod in Ytalia pulcerrimum est vulgare, cum eloquentes indigenas ostenderimus a proprio divertisse.

XIII

1. Post hec veniamus ad Tuscos, qui propter amentiam suam infroniti titulum sibi vulgaris illustris arrogare videntur. Et in hoc non solum plebeia dementat intentio, sed famosos quamplures viros hoc tenuisse comperimus: puta Guittonem Aretinum, qui nunquam se ad curiale vulgare direxit, Bonagiuntam Lucensem, Gallum Pisanum, Minum Mocatum Senensem, Brunectum Florentinum, quorum dicta, si rimari vacaverit, non curialia sed municipalia tantum invenientur. Et quoniam Tusci pre aliis in hac ebrietate baccantur, dignum utileque videtur municipalia vulgaria Tuscanorum sigillatim in aliquo depompare.

2. Locuntur Florentini et dicunt

Manichiamo introcque, altro. ï che noi non facciamo

Pisani:

Bene andonno li fanti ï de Fiorensa per Pisa.

Lucenses:

Fo voto a Dio ke in grassarra eie lo comuno de Lucca.

Senenses:

Onche renegata avess'io Siena. Ch'ee chesto?

Aretini:

Vuo' tu venire ovelle?

De Perusio, Urbe Veteri, Viterbio, nec non de Civitate Castellana, propter affinitatem quam habent cum Romanis et Spoletanis, nichil tractare intendimus.

3. Sed quanquam fere omnes Tusci in suo turpiloquio sint obtusi, nonnullos vulgaris excellentiam cognovisse sentimus, scilicet Guidonem, Lapum et unum alium, Florentinos, et Cynum Pistoriensem, quem nunc indigne postponimus, non indigne coacti.

4. Itaque si tuscanas examinemus loquelas, et pensemus qualiter viri prehonorati a propria diverterunt, non restat in dubio quin aliud sit vulgare quod querimus quam quod actingit populus Tuscanorum.

5. Si quis autem quod de Tuscis asserimus, de Ianuensibus asserendum non putet, hoc solum in mente premat, quod si per oblivionem Ianuenses ammicterent z licteram, vel mutire totaliter eos vel novam reparare oporteret loquelam. Est enim z maxima pars eorum locutionis; que quidem lictera non sine multa rigiditate profertur.

XIV

1. Transeuntes nunc humeros Apenini frondiferos levam Ytaliam contatim venemur ceu solemus, orientaliter ineuntes.

2. Romandiolam igitur ingredientes, dicimus nos duo in Latio invenisse vulgaria quibusdam convenientiis contrariis alternata. Quorum unum in tantum muliebre videtur propter vocabulorum et prolationis mollitiem quod virum, etiam si viriliter sonet, feminam tamen facit esse credendum.

3. Hoc Romandiolos omnes habet, et presertim Forlivienses, quorum civitas, licet novissima sit, meditullium tamen esse videtur totius provincie: hii deuscì affirmando locuntur, et oclo meo et corada mea proferunt blandientes. Horum aliquos a proprio poetando divertisse audivimus, Thomam videlicet et Ugolinum Bucciolam Faventinos.

4. Est et aliud, sicut dictum est, adeo vocabulis accentibusque yrsutum et yspidum quod propter sui rudem asperitatem mulierem loquentem non solum disterminat, sed esse virum dubitare[s le]ctor.

5. Hoc omnes qui magara dicunt, Brixianos videlicet, Veronenses et Vigentinos, habet; nec non Paduanos, turpiter sincopantes omnia in -tus participia et denominativa in -tas, ut mercò et bontè. Cum quibus et Trivisianos adducimus, qui more Brixianorum et finitimorum suorum u consonantem per f apocopando proferunt, puta nof pro 'novem' et vif pro 'vivo': quod quidem barbarissimum reprobamus.

6. Veneti quoque nec sese investigati vulgaris honore dignantur: et si quis eorum, errore confossus, vanitaret in hoc, recordetur si unquam dixit:

Per le plaghe de Dio tu no verras.

7. Inter quos omnes unum audivimus nitentem divertire a materno et ad curiale vulgare intendere, videlicet Ildebrandinum Paduanum.

8. Quare, omnibus presentis capituli ad iudicium comparentibus, arbitramur nec romandiolum, nec suum oppositum ut dictum est, nec venetianum esse illud quod querimus vulgare illustre.

XV

1. Illud autem quod de ytala silva residet percontari conemur expedientes.

2. Dicimus ergo quod forte non male opinantur qui Bononienses asserunt pulcriori locutione loquentes, cum ab Ymolensibus, Ferrarensibus et Mutinensibus circunstantibus aliquid proprio vulgari asciscunt, sicut facere quoslibet a finitimis suis conicimus, ut Sordellus de Mantua sua ostendit, Cremone, Brixie atque Verone confini: qui, tantus eloquentie vir existens, non solum in poetando sed quomodocunque loquendo patrium vulgare descruit.

3. Accipiunt enim prefati cives ab Ymolensibus lenitatem atque mollitiem, a Ferrarensibus vero et Mutinensibus aliqualem garrulitatem que proprie Lombardorum est: hanc ex commixtione advenarum Longobardorum terrigenis credimus remansisse.

4. Et hec est causa quare Ferrarensium, Mutinensium vel Regianorum nullum invenimus poetasse: nam proprie garrulitati assuefacti nullo modo possunt ad vulgare aulicum sine quadam acerbitate venire. Quod multo magis de Parmensibus est putandum, qui monto pro 'multo' dicunt.

5. Si ergo Bononienses utrinque accipiunt, ut dictum est, rationabile videtur esse quod eorum locutio per conmixtionem oppositorum ut dictum est ad laudabilem suavitatem remaneat temperata: quod procul dubio nostro iudicio sic esse censemus.

6. Itaque si preponentes eos in vulgari sermone sola municipalia Latinorum vulgaria comparando considerant, allubescentes concordamus cum illis; si vero simpliciter vulgare bononiense preferendum existimant, dissentientes discordamus ab eis. Non etenim est quod aulicum et illustre vocamus: quoniam, si fuisset, maximus Guido Guinizelli, Guido Ghisilerius, Fabrutius et Honestus et alii poetantes Bononie nunquam a proprio divertissent: qui doctores fuerunt illustres et vulgarium discretione repleti. Maximus Guido:

Madonna, lo fino amore ch'a vui porto;

Guido Ghisilerius:

Donna, lo fermo core;

Fabrutius:

Lo meo lontano gire;

Honestus:

Più non actendo il tuo soccorso, Amore.

Que quidem verba prorsus a mediastinis Bononie sunt diversa.

7. Cumque de residuis in extremis Ytalie civitatibus neminem dubitare pendamus (et si quis dubitat, illum nulla nostra solutione dignamur), parum restat in nostra discussione dicendum. Quare, cribellum cupientes deponere, ut residentiam cito visamus, dicimus Tridentum atque Taurinum nec non Alexandriam civitates metis Ytalie in tantum sedere propinquas quod puras nequeunt habere loquelas; ita quod si etiam quod turpissimum habent vulgare, haberent pulcerrimum, propter aliorum commixtionem esse vere latium negaremus. Quare, si latium illustre venamur, quod venamur in illis inveniri non potest.

XVI

1. Postquam venati saltus et pascua sumus Ytalie, nec pantheram quam sequimur adinvenimus, ut ipsam reperire possimus rationabilius investigemus de illa ut, solerti studio, redolentem ubique et necubi apparentem nostris penitus irretiamus tenticulis.

2. Resumentes igitur venabula nostra, dicimus quod in omni genere rerum unum esse oportet quo generis illius omnia comparentur et ponderentur, et a quo omnium aliorum mensuram accipiamus: sicut in numero cuncta mensurantur uno, et plura vel pauciora dicuntur secundum quod distant ab uno vel ei propinquant, et sicut in coloribus omnes albo mensurantur; nam visibiles magis et minus dicuntur secundum quod accedunt vel recedunt ab albo. Et quemadmodum de hiis dicimus que quantitatem et qualitatem ostendunt, de predicamentorum quolibet, etiam de substantia, posse dici putamus: scilicet ut unumquodque mensurabile sit, secundum quod in genere est, illo quod simplicissimum est in ipso genere.

3. Quapropter in actionibus nostris, quantumcunque dividantur in species, hoc signum inveniri oportet quo et ipse mensurentur. Nam, in quantum simpliciter ut homines agimus, virtutem habemus (ut generaliter illam intelligamus); nam secundum ipsam bonum et malum hominem iudicamus; in quantum ut homines cives agimus, habemus legem, secundum quam dicitur civis bonus et malus; in quantum ut homines latini agimus, quedam habemus simplicissima signa et morum et habituum et locutionis, quibus latine actiones ponderantur et mensurantur.

4. Que quidem nobilissima sunt earum que Latinorum sunt actiones, hec nullius civitatis Ytalie propria sunt, et in omnibus comunia sunt: inter que nunc potest illud discerni vulgare quod superius venabamur, quod in qualibet redolet civitate nec cubat in ulla.

5. Potest tamen magis in una quam in alia redolere, sicut simplicissima substantiarum, que Deus est, in homine magis redolet quam in bruto, in animali quam in planta, in hac quam in minera, in hac quam in elemento, in igne quam in terra; et simplicissima quantitas, quod est unum, in impari numero redolet magis quam in pari; et simplicissimus color, qui albus est, magis in citrino quam in viride redolet.

6. Itaque, adepti quod querebamus, dicimus illustre, cardinale, aulicum et curiale vulgare in Latio quod omnis latie civitatis est et nullius esse videtur, et quo municipalia vulgaria omnia Latinorum mensurantur et ponderantur et comparantur.

XVII

1. Quare autem hoc quod repertum est, illustre, cardinale, aulicum et curiale adicientes vocemus, nunc disponendum est: per quod clarius ipsum quod ipsum est faciamus patere.

2. Primum igitur quid intendimus cum illustre adicimus, et quare illustre dicimus, denudemus. Per hoc quoque quod illustre dicimus, intelligimus quid illuminans et illuminatum prefulgens: et hoc modo viros appellamus illustres, vel quia potestate illuminati alios et iustitia et karitate illuminant, vel quia excellenter magistrati excellenter magistrent, ut Seneca et Numa Pompilius. Et vulgare de quo loquimur et sublimatum est magistratu et potestate, et suos honore sublimat et gloria.

3. Magistratu quidem sublimatum videtur, cum de tot rudibus Latinorum vocabulis, de tot perplexis constructionibus, de tot defectivis prolationibus, de tot rusticanis accentibus, tam egregium, tam extricatum, tam perfectum et tam urbanum videamus electum, ut Cynus Pistoriensis et amicus eius ostendunt in cantionibus suis.

4. Quod autem exaltatum sit potestate, videtur. Et quid maioris potestatis est quam quod humana corda versare potest, ita ut nolentem volentem et volentem nolentem faciat, velut ipsum et fecit et facit ?

5. Quod autem honore sublimet, in promptu est. Nonne domestici sui reges, marchiones, comites et magnates quoslibet fama vincunt?

6. Minime hoc probatione indiget. Quantum vero suos familiares gloriosos efficiat, nos ipsi novimus, qui huius dulcedine glorie nostrum exilium postergamus.

7. Quare ipsum illustre merito profiteri debemus.

XVIII

1. Neque sine ratione ipsum vulgare illustre decusamus adiectione secunda, videlicet ut id cardinale vocetur. Nam sicut totum hostium cardinem sequitur ut, quo cardo vertitur, versetur et ipsum, seu introrsum seu extrorsum flectatur, sic et universus municipalium grex vulgarium vertitur et revertitur, movetur et pausat secundum quod istud, quod quidem vere paterfamilias esse videtur. Nonne cotidie extirpat sentosos frutices de ytalia silva? Nonne cotidie vel plantas inserit vel plantaria plantat? Quid aliud agricole sui satagunt nisi ut amoveant et admoveant, ut dictum est? Quare prorsus tanto decusari vocabulo promeretur.

2 Quia vero aulicum nominamus illud causa est quod, si aulam nos Ytali haberemus, palatinum foret. Nam si aula totius regni comunis est domus et omnium regni partium gubernatrix augusta, quicquid tale est ut omnibus sit comune nec proprium ulli, conveniens est ut in ea conversetur et habitet, nec aliquod aliud habitaculum tanto dignum est habitante: hoc nempe videtur esse id de quo loquimur vulgare.

3. Et hinc est quod in regiis omnibus conversantes semper illustri vulgari locuntur; hinc etiam est quod nostrum illustre velut accola peregrinatur et in humilibus hospitatur asilis, cum aula vacemus.

4. Est etiam merito curiale dicendum, quia curialitas nil aliud est quam librata regula eorum que peragenda sunt: et quia statera huiusmodi librationis tantum in excellentissimis curiis esse solet, hinc est quod quicquid in actibus nostris bene libratum est, curiale dicatur. Unde cum istud in excellentissima Ytalorum curia sit libratum, dici curiale meretur.

5. Sed dicere quod in excellentissima Ytalorum curia sit libratum, videtur nugatio, cum curia careamus. Ad quod facile respondetur. Nam licet curia, secundum quod unita accipitur, ut curia regis Alamannie, in Ytalia non sit, membra tamen eius non desunt; et sicut membra illius uno Principe uniuntur, sic membra huius gratioso lumine rationis unita sunt. Quare falsum esset dicere curia carere Ytalos, quanquam Principe careamus, quoniam curiam habemus, licet corporaliter sit dispersa.

## XIX

1. Hoc autem vulgare quod illustre, cardinale, aulicum et curiale ostensum est, dicimus esse illud quod vulgare latium appellatur. Nam sicut quoddam vulgare est invenire quod proprium est Cremone, sic quoddam est invenire quod proprium est Lombardie; et sicut est invenire aliquod quod sit proprium Lombardie, [sic] est invenire aliquod quod sit totius sinistre Ytalie proprium; et sicut omnia hec est invenire, sic et illud quod totius Ytalie est. Et sicut illud cremonense ac illud lombardum et tertium semilatium dicitur, sic istud, quod totius Ytalie est, latium vulgare vocatur. Hoc enim usi sunt doctores illustres qui lingua vulgari poetati sunt in Ytalia, ut Siculi, Apuli, Tusci, Romandioli, Lombardi et utriusque Marchie viri.

2. Et quia intentio nostra, ut polliciti sumus in principio huius operis, est doctrinam de vulgari eloquentia tradere, ab ipso tanquam ab excellentissimo incipientes, quos putamus ipso dignos uti, et propter quid, et quomodo, nec non ubi, et quando, et ad quos ipsum dirigendum sit, in inmediatis libris tractabimus.

3. Quibus illuminatis, inferiora vulgaria illuminare curabimus, gradatim descendentes ad illud quod unius solius familie proprium est.


**LIBER SECUNDUS**

I

1. Sollicitantes iterum celeritatem ingenii nostri et ad calamum frugi operis redeuntes, ante omnia confitemur latium vulgare illustre tam prosayce quam metrice decere proferri. Sed quia ipsum prosaycantes ab avientibus magis accipiunt et quia quod avietum est prosaycantibus permanere videtur exemplar, et non e converso (que quendam videntur prebere primatum), primo secundum quod metricum est ipsum carminemus, ordine pertractantes illo quem in fine primi libri polluximus.

2. Queramus igitur prius, utrum omnes versificantes vulgariter debeant illud uti. Et superficietenus videtur quod sic, quia omnis qui versificatur suos versus exornare debet in quantum potest; quare, cum nullum sit tam grandis exornationis quam vulgare illustre, videtur quod quisquis versificator debeat ipsum uti.

3. Preterea: quod optimum est in genere suo, si suis inferioribus misceatur, non solum nil derogare videtur eis, sed ea meliorare videtur; quare si quis versificator, quanquam rude versificetur, ipsum sue ruditati admisceat, non solum bene facit, sed ipsum sic facere oportere videtur: multo magis opus est adiutorio illis qui pauca, quam qui multa possunt. Et sic apparet quod omnibus versificantibus liceat ipsum uti.

4. Sed hoc falsissimum est; quia nec semper excellentissime poetantes debent illud induere, sicut per inferius pertractata perpendi poterit.

5. Exigit ergo istud sibi consimiles viros, quemadmodum alii nostri mores et habitus; exigit enim magnificentia magna potentes, purpura viros nobiles: sic et hoc excellentes ingenio et scientia querit, et alios aspernatur, ut per inferiora patebit.

6. Nam quicquid nobis convenit, vel gratia generis, vel speciei, vel individui convenit, ut sentire, ridere, militare. Sed hoc non convenit nobis gratia generis, quia etiam brutis conveniret; nec gratia speciei, quia cunctis hominibus esset conveniens, de quo nulla questio est - nemo enim montaninis rusticana tractantibus hoc dicet esse conveniens -; convenit ergo individui gratia.

7. Sed nichil individuo convenit nisi per proprias dignitates, puta mercari, militare ac regere; quare si convenientia respiciunt dignitates, hoc est dignos, et quidam digni, quidam digniores, quidam dignissimi esse possunt, manifestum est quod bona dignis, meliora dignioribus, optima dignissimis convenient.

8. Et cum loquela non aliter sit necessarium instrumentum nostre conceptionis quam equus militis, et optimis militibus optimi conveniant equi, ut dictum est, optimis conceptionibus optima loquela conveniet. Sed optime conceptiones non possunt esse nisi ubi scientia et ingenium est; ergo optima loquela non convenit nisi illis in quibus ingenium et scientia est. Et sic non omnibus versificantibus optima loquela conveniet, cum plerique sine scientia et ingenio versificentur, et per consequens nec optimum vulgare. Quapropter, si non omnibus competit, non omnes ipsum debent uti, quia inconvenienter agere nullus debet.

9. Et ubi dicitur, quod quilibet suos versus exornare debet in quantum potest, verum esse testamur; sed nec bovem epiphiatum nec balteatum suem dicemus ornatum, immo potius deturpatum ridemus illum: est enim exornatio alicuius convenientis additio.

10. Ad illud ubi dicitur, quod superiora inferioribus admixta profectum adducunt, dicimus verum esse quando cesset discretio: puta si aurum cum argento conflemus; sed si discretio remanet, inferiora vilescunt: puta cum formose mulieres deformibus admiscentur. Unde cum sententia versificantium semper verbis discretive mixta remaneat, si non fuerit optima, optimo sociata vulgari non melior sed deterior apparebit, quemadmodum turpis mulier si auro vel serico vestiatur.

II

1. Postquam non omnes versificantes, sed tantum excellentissimos illustre uti vulgare debere astruximus, consequens est astruere, utrum omnia ipso tractanda sint aut non; et si non omnia, que ipso digna sunt segregatim ostendere.

2. Circa quod primo reperiendum est id quod intelligimus per illud quod dicimus dignum. Et dicimus dignum esse quod dignitatem habet, sicut nobile quod nobilitatem; et si cognito habituante habituatum cognoscitur in quantum huiusmodi, cognita dignitate cognoscemus et dignum.

3. Est etenim dignitas meritorum effectus sive terminus: ut, cum quis bene meruit, ad boni dignitatem profectum esse dicimus, cum male vero, ad mali; puta bene militantem ad victorie dignitatem, bene autem regentem ad regni, nec non mendacem ad ruboris dignitatem, et latronem ad eam que est mortis.

4. Sed cum in bene merentibus fiant comparationes, et in aliis etiam, ut quidam bene quidam melius quidam optime, quidam male quidam peius quidam pessime mereantur, et huiusmodi comparationes non fiant nisi per respectum ad terminum meritorum, quem dignitatem dicimus (ut dictum est), manifestum est ut dignitates inter se comparentur secundum magis et minus, ut quedam magne, quedam maiores, quedam maxime sint; et per consequens aliquid dignum, aliquid dignius, aliquid dignissimum esse constat.

5. Et cum comparatio dignitatum non fiat circa idem obiectum, sed circa diversa, ut dignius dicamus quod maioribus, dignissimum quod maximis dignum est (quia nichil eodem dignius esse potest), manifestum est quod optima optimis secundum rerum exigentiam digna sunt. Unde cum hoc quod dicimus illustre sit optimum aliorum vulgarium, consequens est ut sola optima digna sint ipso tractari, que quidem tractandorum dignissima nuncupamus.

6. Nunc autem que sint ipsa venemur. Ad quorum evidentiam sciendum est, quod sicut homo tripliciter spirituatus est, videlicet vegetabili, animali et rationali, triplex iter perambulat. Nam secundum quod vegetabile quid est, utile querit, in quo cum plantis comunicat; secundum quod animale, delectabile, in quo cum brutis; secundum quod rationale, honestum querit, in quo solus est, vel angelice sociatur [nature]. Propter hec tria quicquid agimus, agere videmur.

7. Et quia in quolibet istorum quedam sunt maiora, quedam maxima, secundum quod talia, que maxima sunt maxime pertractanda videntur, et per consequens maximo vulgari.

8. Sed disserendum est que maxima sint. Et primo in eo quod est utile: in quo, si callide consideremus intentum omnium querentium utilitatem, nil aliud quam salutem inveniemus. Secundo in eo quod est delectabile: in quo dicimus illud esse maxime delectabile quod per pretiosissimum obiectum appetitus delectat: hoc autem venus est. Tertio in eo quod est honestum: in quo nemo dubitat esse virtutem. Quare hec tria, salus videlicet, venus et virtus, apparent esse illa magnalia que sint maxime pertractanda, hoc est ea que maxime sunt ad ista, ut armorum probitas, amoris accensio et directio voluntatis.

9. Circa que sola, si bene recolimus, illustres viros invenimus vulgariter poetasse, scilicet Bertramum de Bornio arma, Arnaldum Danielem amorem, Gerardum de Bornello rectitudinem; Cynum Pistoriensem amorem, amicum eius rectitudinem. Bertramus etenim ait

Non posc mudar c'un cantar non exparja.

Arnaldus:

L'aura amara fal bruol brancuz clarzir.

Gerardus:

Per solaz reveillar che s'es trop endormitz.

Cynus:

Digno sono eo de morte.

Amicus eius:

Doglia mi reca ne lo core ardire.

10. Arma vero nullum latium adhuc invenio poetasse. Hiis proinde visis, que canenda sint vulgari altissimo innotescunt.

III

1. Nunc autem quo modo ea coartare debemus que tanto sunt digna vulgari, sollicite vestigare conemur.

2. Volentes igitur modum tradere quo ligari hec digna existant, primo dicimus esse ad memoriam reducendum, quod vulgariter poetantes sua poemata multimode protulerunt, quidam per cantiones, quidam per ballatas, quidam per sonitus, quidam per alios inlegitimos et inregulares modos, ut inferius ostendetur.

3. Horum autem modorum cantionum modum excellentissimum esse pensamus; quare si excellentissima excellentissimis digna sunt, ut superius est probatum, illa que excellentissimo sunt digna vulgari, modo excellentissimo digna sunt, et per consequens in cantionibus pertractanda.

4. Quod autem modus cantionum sit talis ut dictum est, pluribus potest rationibus indagari. Prima quidem quia, cum quicquid versificamur sit cantio, sole cantiones hoc vocabulum sibi sortite sunt; quod nunquam sine vetusta provisione processit.

5. Adhuc: quicquid per se ipsum efficit illud ad quod factum est, nobilius esse videtur quam quod extrinseco indiget: sed cantiones per se totum quod debent efficiunt, quod ballate non faciunt: indigent enim plausoribus, ad quos edite sunt; ergo cantiones nobiliores ballatis esse sequitur extimandas, et per consequens nobilissimum aliorum esse modum illarum, cum nemo dubitet quin ballate sonitus nobilitate excellant.

6. Preterea: illa videntur nobiliora esse que conditori suo magis honoris afferunt: sed cantiones magis deferunt suis conditoribus quam ballate; igitur nobiliores sunt, et per consequens modus earum nobilissimus aliorum.

7. Preterea: que nobilissima sunt carissime conservantur: sed inter ea que cantata sunt, cantiones carissime conservantur, ut constat visitantibus libros; ergo cantiones nobilissime sunt, et per consequens modus earum nobilissimus est.

8. Ad hec: in artificiatis illud est nobilissimum quod totam comprehendit artem: cum igitur ea que cantantur artificiata existant, et in solis cantionibus ars tota comprehendatur, cantiones nobilissime sunt, et sic modus earum nobilissimus aliorum. Quod autem tota comprehendatur in cantionibus ars cantandi poetice, in hoc palatur, quod quicquid artis reperitur in omnibus aliis et in cantionibus reperitur; sed non convertitur hoc.

9. Signum autem horum que dicimus promptum in conspectu habetur; nam quicquid de cacuminibus illustrium capitum poetantium profluxit ad labia, in solis cantionibus invenitur.

10. Quare ad propositum patet quod ea que digna sunt vulgari altissimo in cantionibus tractanda sunt.

IV

1. Quando quidem aporiavimus extricantes qui sint aulico digni vulgari et que, nec non modum quem tanto dignamur honore ut solus altissimo vulgari conveniat, antequam migremus ad alia, modum cantionum, quem casu magis quam arte multi usurpare videntur, enucleemus; et qui hucusque casualiter est assumptus, illius artis ergasterium reseremus, modum ballatarurn et sonituum ommictentes, quia illum elucidare intendimus in quarto huius operis, cum de mediocri vulgari tractabimus.

2. Revisentes igitur ea que dicta sunt, recolimus nos eos qui vulgariter versificantur plerunque vocasse poetas: quod procul dubio rationabiliter eructare presumpsimus, quia prorsus poete sunt, si poesim recte consideremus; que nichil aliud est quam fictio rethorica musicaque poita.

3. Differunt tamen a magnis poetis, hoc est regularibus, quia magni sermone et arte regulari poetati sunt, hii vero casu, ut dictum est. Idcirco accidit ut, quantum illos proximius imitemur, tantum rectius poetemur. Unde nos doctrine operi intendentes, doctrinatas eorum poetrias emulari oportet.

4. Ante omnia ergo dicimus unumquenque debere materie pondus propriis humeris coequare, ne forte humerorum nimio gravata virtute in cenum cespitare necesse sit: hoc est quod magister noster Oratius precipit, cum in principio Poetrie 'Sumite materiam ...' dicit.

5. Deinde in hiis que dicenda occurrunt debemus discretione potiri, utrum tragice, sive comice, sive elegiace sint canenda. Per tragediam superiorem stilum inducimus, per comediam inferiorem, per elegiam stilum intelligimus miserorum.

6. Si tragice canenda videntur, tunc assumendum est vulgare illustre, et per consequens cantionem [oportet] ligare. Si vero comice, tunc quandoque mediocre quandoque humile vulgare sumatur; et huius discretionem in quarto huius reservamus ostendere. Si autem elegiace, solum humile oportet nos sumere.

7. Sed ommittamus alios, et nunc, ut conveniens est, de stilo tragico pertractemus. Stilo equidem tragico tunc uti videmur, quando cum gravitate sententie tam superbia carminum quam constructionis elatio et excellentia vocabulorum concordat.

8. Qua[re], si bene recolimus summa summis esse digna iam fuisse probatum, et iste quem tragicum appellamus summus videtur esse stilorum, et illa que summe canenda distinximus isto solo sunt stilo canenda: videlicet salus, amor et virtus et que propter ea concipimus, dum nullo accidente vilescant.

9. Caveat ergo quilibet et discernat ea que dicimus; et quando hec tria pure cantare intendit, vel que ad ea directe ac pure secuntur, prius Elicone potatus, tensis fidibus ad supremum, secure plectrum tum movere incipiat.

10. Sed cautionem atque discretionem hanc accipere, sicut decet, hic opus et labor est, quoniam nunquam sine strenuitate ingenii et artis assiduitate scientiarumque habitu fieri potest. Et hii sunt quos poeta Eneidorum sexto Dei dilectos et ab ardente virtute sublimatos ad ethera deorumque filios vocat, quanquam figurate loquatur.

11. Et ideo confutetur illorum stultitia qui, arte scientiaque immunes, de solo ingenio confidentes, ad summa summe canenda prorumpunt; et a tanta presumptuositate desistant, et si anseres natura vel desidia sunt, nolint astripetam aquilam imitari.

V

1. De gravitate sententiarum vel satis dixisse videmur vel saltim totum quod operis est nostri: quapropter ad superbiam carminum festinemus.

2. Circa quod sciendum quod predecessores nostri diversis carminibus usi sunt in cantionibus suis, quod et moderni faciunt: sed nullum adhuc invenimus in carmen sillabicando endecadem transcendisse, nec a trisillabo descendisse. Et licet trisillabo carmine atque endecasillabo et omnibus intermediis cantores latii usi sint, pentasillabum et eptasillabum et endecasillabum in usu frequentiori habentur, et post hec trisillabum ante alia.

3. Quorum omnium endecasillabum videtur esse superbius, tam temporis occupatione quam capacitate sententie, constructionis et vocabulorum; quorum omnium specimen magis multiplicatur in illo, ut manifeste apparet: nam ubicunque ponderosa multiplicantur, [multiplicatur] et pondus.

4. Et hoc omnes doctores perpendisse videntur, cantiones illustres principiantes ab illo; ut Gerardus de Bornello:

Ara ausirez encabalitz cantarz

(quod carmen, licet decasillabum videatur, secundum rei veritatem endecasillabum est: nam due consonantes extreme non sunt de sillaba precedente, et licet propriam vocalem non habeant, virtutem sillabe non tamen ammictunt; signum autem est quod rithimus ibi una vocali perficitur, quod esse non posset nisi virtute alterius ibi subintellecte).

Rex Navarre:

De fin'amor si vient sen et bonté,

(ubi, si consideretur accentus et eius causa, endecasillabum esse constabit).

Guido Guinizelli:

Al cor gentil repara sempre amore.

Iudex de Columpnis de Messana:

Amor, che lungiamente m'ài menato.

Renaldus de Aquino:

Per fino amore vo sì letamente.

Cynus Pistoriensis:

Non spero che già mai per mia salute.

amicus eius:

Amor, che movi tua vertù da cielo.

5. Et licet hoc quod dictum est celeberrimum carmen, ut dignum est, videatur omnium aliorum, si eptasillabi aliqualem societatem assumat, dummodo principatum obtineat, clarius magisque sursum superbire videtur. Sed hoc ulterius elucidandum remaneat.

6. Et dicimus eptasillabum sequi illud quod maximum est in celebritate. Post hoc pentasillabum et deinde trisillabum ordinamus. Neasillabum vero, quia triplicatum trisillabum videbatur, vel nunquam in honore fuit vel propter fastidium absolevit.

7. Parisillabis vero propter sui ruditatem non utimur nisi raro: retinent enim naturam suorum numerorum, qui numeris imparibus quemadmodum materia forme, subsistunt.

8. Et sic, recolligentes predicta, endecasillabum videtur esse superbissimum carmen: et hoc est quod querebamus. Nunc autem restat investigandum de constructionibus elatis et fastigiosis vocabulis; et demum, fustibus torquibusque paratis, promissum fascem, hoc est cantionem, quo modo viere quis debeat, instruemus.

VI

1. Quia circa vulgare illustre nostra versatur intentio, quod nobilissimum est aliorum, et ea que digna sunt illo cantari discrevimus, que tria nobilissima sunt, ut superius est astructum, et modum cantionarium selegimus illis, tanquam aliorum modorum summum, et, ut ipsum perfectius edocere possimus, quedam iam preparavimus, stilum videlicet atque carmen, nunc de constructione agamus.

2. Est enim sciendum quod constructionem vocamus regulatam compaginem dictionum, ut Aristotiles phylosophatus est tempore Alexandri. Sunt enim quinque hic dictiones compacte regulariter, et unam faciunt constructionem.

3. Circa hanc quidem prius considerandum est quod constructionum alia congrua est, alia vero incongrua. Et quia, si primordium bene discretionis nostre recolimus, sola suprema venamur, nullum in nostra venatione locum habet incongrua, quia nec inferiorem gradum bonitatis promeruit. Pudeat ergo, pudeat ydiotas tantum audere deinceps ut ad cantiones prorumpant: quos non aliter deridemus quam cecum de coloribus distinguentem. Est ut videtur congrua quam sectamur.

4. Sed non minoris difficultatis accedit discretio priusquam quam querimus actingamus, videlicet urbanitate plenissimam. Sunt etenim gradus constructionum quamplures: videlicet insipidus, qui est rudium, ut Petrus amat multum dominam Bertam.

5. Est et pure sapidus, qui est rigidorum scolarium vel magistrorum, ut Piget me cunctis pietate maiorem, quicunque in exilio tabescentes patriam tantum sompniando revisunt; est et sapidus et venustus, qui est quorundam superficietenus rethoricam aurientium, ut Laudabilis discretio marchionis Estensis, et sua magnificentia preparata, cunctis illum facit esse dilectum; est et sapidus et venustus etiam et excelsus, qui est dictatorum illustrium, ut Eiecta maxima parte florum de sinu tuo, Florentia, nequicquam Trinacriam Totila secundus adivit.

6. Hunc gradum constructionis excellentissimum nominamus, et hic est quem querimus cum suprema venemur, ut dictum est.

Hoc solum illustres cantiones inveniuntur contexte, ut Gerardus:

Si per mon Sobretots non fos.

Folquetus de Marsilia:

Tan m'abellis l'amoros pensamen.

Arnaldus Danielis:

Sols sui che sai lo sobraffan chem sorz.

Namericus de Belnui:

Nuls hom non pot complir addrechamen.

Namericus de Peculiano:

Si com l'arbres che per sobrecarcar.

Rex Navarre:

Ire d'amor que en mon cor repaire.

Iudex de Messana:

Anchor che l'aigua per lo foco lassi.

Guido Guinizelli:

Tegno de folle 'mpresa a lo ver dire.

Guido Cavalcanti:

Poi che de doglia cor conven ch'io porti.

Cynus de Pistorio:

Avegna che io aggia più per tempo.

Amicus eius:

Amor che ne la mente mi ragiona.


7. Nec mireris, lector, de tot reductis autoribus ad memoriam: non enim hanc quam supremam vocamus constructionem nisi per huiusmodi exempla possumus indicare. Et fortassis utilissimum foret ad illam habituandam regulatos vidisse poetas, Virgilium videlicet, Ovidium Metamorfoseos, Statium atque Lucanum, nec non alios qui usi sunt altissimas prosas, ut Titum Livium, Plinium, Frontinum, Paulum Orosium, et multos alios quos amica sollicitudo nos visitare invitat.

8. Subsistant igitur ignorantie sectatores Guictonem Aretinum et quosdam alios extollentes, nunquam in vocabulis atque constructione plebescere desuetos.

VII

1. Grandiosa modo vocabula sub prelato stilo digna consistere, successiva nostre progressionis presentia lucidari expostulat.

2. Testamur proinde incipientes non minimum opus esse rationis discretionem vocabulorum habere, quoniam perplures eorum maneries inveniri posse videmus. Nam vocabulorum quedam puerilia, quedam muliebria, quedam virilia; et horum quedam silvestria, quedam urbana; et eorum que urbana vocamus, quedam pexa et lubrica, quedam yrsuta et reburra sentimus. Inter que quidem, pexa atque yrsuta sunt illa que vocamus grandiosa, lubrica vero et reburra vocamus illa que in superfluum sonant; quemadmodum in magnis operibus quedam magnanimitatis sunt opera, quedam fumi: ubi, licet in superficie quidam consideretur ascensus, ex quo limitata virtutis linea prevaricatur, bone rationi non ascensus sed per altera declivia ruina constabit.

3. Intuearis ergo, lector, actente quantum ad exaceranda egregia verba te cribrare oportet: nam si vulgare illustre consideres, quo tragici debent uti poete vulgares, ut superius dictum est, quos informare intendimus, sola vocabula nobilissima in cribro tuo residere curabis.

4. In quorum numero nec puerilia propter sui simplicitatem, ut mamma et babbo, mate et pate, nec muliebria propter sui mollitiem, ut dolciada et placevole, nec silvestria propter austeritatem, ut greggia et cetra, nec urbana lubrica et reburra, ut femina et corpo, ullo modo poteris conlocare. Sola etenim pexa yrsutaque urbana tibi restare videbis, que nobilissima sunt et membra vulgaris illustris.

5. Et pexa vocamus illa que, trisillaba vel vicinissima trisillabitati, sine aspiratione, sine accentu acuto vel circumflexo, sine z vel x duplicibus, sine duarum liquidarum geminatione vel positione immediate post mutam, dolata quasi, loquentem cum quadam suavitate relinquunt: ut amore, donna, disio, virtute, donare, letitia, salute, securtate, defesa.

6. Yrsuta quoque dicimus omnia, preter hec, que vel necessaria vel ornativa videntur vulgaris illustris. Et necessaria quidem appellamus que campsare non possumus, ut quedam monosillaba, ut si, no, me, te, sé, à, è, i', ò, u', interiectiones et alia multa. Ornativa vero dicimus omnia polisillaba que, mixta cum pexis, pulcram faciunt armoniam compaginis, quamvis asperitatem habeant aspirationis et accentus et duplicium et liquidarum et prolixitatis: ut terra, honore, speranza, gravitate, alleviato, impossibilità, impossibilitate, benaventuratissimo, inanimatissimamente, disaventuratissimamente, sovramagnificentissimamente, quod endecasillabum est. Posset adhuc inveniri plurium sillabarum vocabulum sive verbum, sed quia capacitatem omnium nostrorum carminum superexcedit, rationi presenti non videtur obnoxium, sicut est illud honorificabilitudinitate, quod duodena perficitur sillaba in vulgari et in gramatica tredena perficitur in duobus obliquis.

7. Quomodo autem pexis yrsuta huiusmodi sint armonizanda per metra, inferius instruendum relinquimus. Et que iam dicta sunt de fastigiositate vocabulorum ingenue discretioni sufficiant.

VIII

1. Preparatis fustibus torquibusque ad fascem, nunc fasciandi tempus incumbit. Sed quia cuiuslibet operis cognitio precedere debet operationem, velut signum ante ammissionem sagipte vel iaculi, primo et principaliter qui sit iste fascis quem fasciare intendimus videamus.

2. Fascis iste igitur, si bene comminiscimur omnia prelibata, cantio est. Quapropter quid sit cantio videamus, et quid intelligimus cum dicimus cantionem.

3. Est enim cantio, secundum verum nominis significatum, ipse canendi actus vel passio, sicut lectio passio vel actus legendi. Sed divaricemus quod dictum est, utrum videlicet hec sit cantio prout est actus, vel prout est passio.

4. Et circa hoc considerandum est quod cantio dupliciter accipi potest: uno modo secundum quod fabricatur ab autore suo, et sic est actio - et secundum istum modum Virgilius primo Eneidorum dicit Arma virumque cano -; alio modo secundum quod fabricata profertur vel ab autore vel ab alio quicunque sit, sive cum soni modulatione proferatur, sive non: et sic est passio. Nam tunc agitur; modo vero agere videtur in alium, et sic tunc alicuius actio, modo quoque passio alicuius videtur. Et quia prius agitur ipsa quam agat, magis, immo prorsus denominari videtur ab eo quod agitur, et est actio alicuius, quam ab eo quod agit in alios. Signum autem huius est quod nunquam dicimus 'Hec est cantio Petri' eo quod ipsam proferat, sed eo quod fabricaverit illam.

5. Preterea disserendum est utrum cantio dicatur fabricatio verborum armonizatorum, vel ipsa modulatio. Ad quod dicimus, quod nunquam modulatio dicitur cantio, sed sonus, vel tonus, vel nota, vel melos. Nullus enim tibicen, vel organista, vel cytharedus melodiam suam cantionem vocat, nisi in quantum nupta est alicui cantioni; sed armonizantes verba opera sua cantiones vocant, et etiam talia verba in cartulis absque prolatore iacentia cantiones vocamus.

6. Et ideo cantio nichil aliud esse videtur quam actio completa dicentis verba modulationi armonizata: quapropter tam cantiones quas nunc tractamus, quam ballatas et sonitus et omnia cuiuscunque modi verba sunt armonizata vuigariter et regulariter, cantiones esse dicemus.

7. Sed quia sola vulgaria ventilamus, regulata linquentes, dicimus vulgarium poematum unum esse suppremum, quod per superexcellentiam cantionem vocamus: quod autem suppremum quid sit cantio, in tertio huius libri capitulo est probatum. Et quoniam quod diffinitum est pluribus generale videtur, resumentes diffinitum iam generale vocabulum per quasdam differentias solum quod petimus distinguamus.

8. Dicimus ergo quod cantio, in quantum per superexcellentiam dicitur, ut et nos querimus, est equalium stantiarum sine responsorio ad unam sententiam tragica coniugatio, ut nos ostendimus cum dicimus

Donne che avete intelletto d'amore.

Quod autem dicimus 'tragica coniugatio' est quia, cum comice fiat hec coniugatio, cantilenam vocamus per diminutionem: de qua in quarto huius tractare intendimus.

9. Et sic patet quid cantio sit, et prout accipitur generaliter et prout per superexcellentiam vocamus eam. Satis etiam patere videtur quid intelligimus cum cantionem vocamus, et per consequens quid sit ille fascis quem ligare molimur.

IX

1. Quia, ut dictum est, cantio est coniugatio stantiarum, ignorato quid sit stantia necesse est cantionem ignorare: nam ex diffinientium cognitione diffiniti resultat cognitio; et ideo consequenter de stantia est agendum, ut scilicet investigemus quid ipsa sit et quid per eam intelligere volumus.

2. Et circa hoc sciendum est quod hoc vocabulum per solius artis respectum inventum est, videlicet ut in quo tota cantionis ars esset contenta, illud diceretur stantia, hoc est mansio capax sive receptaculum totius artis. Nam quemadmodum cantio est gremium totius sententie, sic stantia totam artem ingremiat; nec licet aliquid artis sequentibus arrogare, sed solam artem antecedentis induere.

3. Per quod patet quod ipsa de qua loquimur erit congregatio sive compages omnium eorum que cantio sumit ab arte: quibus divaricatis, quam querimus descriptio innotescet.

4. Tota igitur, scilicet ars cantionis, circa tria videtur consistere: primo circa cantus divisionem, secundo circa partium habitudinem, tertio circa numerum carminum et sillabarum.

5. De rithimo vero mentionem non facimus, quia de propria cantionis arte non est. Licet enim in qualibet stantia rithimos innovare et eosdem reiterare ad libitum: quod, si de propria cantionis arte rithimus esset, minime liceret: quod dictum est. Si quid autem rithimi servare interest huius quod est ars, illud comprehenditur ibi cum dicimus 'partium habitudinem'.

6. Quare sic colligere possumus ex predictis diffinientes, et dicere stantiam esse sub certo cantu et habitudine limitatam carminum et sillabarum compagem.QuareQuare

X

1. Scientes quia rationale animal homo est et quia sensibilis anima et corpus est animal, et ignorantes de hac anima quid ea sit, vel de ipso corpore, perfectam hominis cognitionem habere non possumus: quia cognitionis perfectio uniuscuiusque terminatur ad ultima elementa, sicut magister sapientum in principio Physicorum testatur. Igitur ad habendam cantionis cognitionem quam inhiamus, nunc diffinientia suum diffiniens sub compendio ventilemus, et primo de cantu, deinde de habitudine, et postmodum de carminibus et sillabis percontemur.

2. Dicimus ergo quod omnis stantia ad quandam odam recipiendam armonizata est. Sed in modis diversificari videntur. Quia quedam sunt sub una oda continua usque ad ultimum progressive, hoc est sine iteratione modulationis cuiusquam et sine diesi - diesim dicimus deductionem vergentem de una oda in aliam (hanc voltam vocamus, cum vulgus alloquimur) -; et huiusmodi stantia usus est fere in omnibus cantionibus suis Arnaldus Danielis, et nos eum secuti sumus cum diximus

Al poco giorno e al gran cerchio d'ombra.

3. Quedam vero sunt diesim patientes: et diesis esse non potest, secundum quod eam appellamus, nisi reiteratio unius ode fiat, vel ante diesim, vel post, vel undique.

4. Si ante diesim repetitio fiat, stantiam dicimus habere pedes; et duos habere decet, licet quandoque tres fiant, rarissime tamen. Si repetitio fiat post diesim, tunc dicimus stantiam habere versus. Si ante non fiat repetitio, stantiam dicimus habere frontem. Si post non fiat, dicimus habere sirma, sive caudam.

5. Vide igitur, lector, quanta licentia data sit cantiones poetantibus, et considera cuius rei causa tam largum arbitrium usus sibi asciverit; et si recto calle ratio te duxerit, videbis auctoritatis dignitate sola quod dicimus esse concessum.

6. Satis hinc innotescere potest quomodo cantionis ars circa cantus divisionem consistat; et ideo ad habitudinem procedamus.

XI

1. Videtur nobis hec quam habitudinem dicimus maxima pars eius quod artis est; hec etenim circa cantus divisionem atque contextum carminum et rithimorum relationem consistit; quapropter diligentissime videtur esse tractanda.

2. Incipientes igitur dicimus quod frons cum versibus, pedes cum cauda vel sirmate, nec non pedes cum versibus, in stantia se diversimode habere possunt.

3. Nam quandoque frons versus excedit in sillabis et carminibus, vel excedere potest; et dicimus 'potest' quoniam habitudinem hanc adhuc non vidimus.

4. Quandoque in carminibus excedere et in sillabis superari potest, ut si frons esset pentametra et quilibet versus esset dimeter, et metra frontis eptasillaba et versus endecasillaba essent.

5. Quandoque versus frontem superant sillabis et carminibus, ut in illa quam dicimus,

Tragemi de la mente Amor la stiva.

fuit hec tetrametra frons, tribus endecasillabis et uno eptasillabo contexta; non etenim potuit in pedes dividi, cum equalitas carminum et sillabarum requiratur in pedibus inter se, et etiam in versibus inter se.

6. Et quemadmodum dicimus de fronte, dicimus et de versibus. Possent etenim versus frontem superare carminibus, et sillabis superari, puta si versus duo essent et uterque trimeter, et eptasillaba metra, et frons esset pentametra, duobus endecasillabis et tribus eptasillabis contexta.

7. Quandoque vero pedes caudam superant carminibus et sillabis, ut in illa quam diximus

Amor, che movi tua virtù da cielo.

8. Quandoque pedes a sirmate superantur in toto, ut in illa quam diximus

Donna pietosa e di novella etate.

9. Et quemadmodum diximus frontem posse superare carminibus, sillabis superatam (et e converso), sic de sirmate dicimus.

10. Pedes quoque versus in numero superant et superantur ab hiis: possunt enim esse in stantia tres pedes et duo versus, et tres versus et duo pedes; nec hoc numero limitamur, quin liceat plures et pedes et versus simul contexere.

11. Et quemadmodum de victoria carminum et sillabarum diximus inter alia, nunc etiam inter pedes et versus dicimus; nam eodem modo vinci et vincere possunt.

12. Nec pretermictendum est quod nos e contrario regulatis poetis pedes accipimus, quia illi carmen ex pedibus, nos vero ex carminibus pedem constare dicimus, ut satis evidenter apparet.

13. Nec etiam pretermictendum est quin iterum asseramus pedes ab invicem necessario carminum et sillabarum equalitatem et habitudinem accipere, quia non aliter cantus repetitio fieri posset. Hoc idem in versibus esse servandum astruimus.

XII

1. Est etiam, ut superius dictum est, habitudo quedam quam carmina contexendo considerare debemus: et ideo rationem faciamus de illa, repetentes proinde que superius de carminibus diximus.

2. In usu nostro maxime tria carmina frequentando prerogativam habere videntur, endecasillabum scilicet, eptasillabum et pentasillabum; que trisillabum ante alia sequi astruximus.

3. Horum prorsus, cum tragice poetari conamur, endecasillabum propter quandam excellentiam in contextu vincendi privilegium promeretur. Nam quedam stantia est que solis endecasillabis gaudet esse contexta, ut illa Guidonis de Florentia

Donna me prega, perch'io volgl[i]o dire;

et etiam nos dicimus

Donne ch'avete intelletto d'amore.

Hoc etiam Yspani usi sunt - et dico Yspanos qui poetati sunt in vulgari oc: Namericus de Belnui,

Nuls hom non pot complir adrechamen.

4. Quedam est in qua tantum eptasillabum intexitur unum: et hoc esse non potest nisi ubi frons est vel cauda, quoniam, ut dictum est, in pedibus atque versibus actenditur equalitas carminum et sillabarum.

5. Propter quod etiam nec numerus impar carminum potest esse ubi frons vel cauda non est; sed ubi hec sunt, vel altera sola, pari et impari numero in carminibus licet uti ad libitum.

6. Et sicut quedam stantia est uno solo eptasillabo conformata, sic duobus, tribus, quatuor, quinque videtur posse contexi, dummodo in tragico vincat endecasillabum et principiet. Verumtamen quosdam ab eptasillabo tragice principiasse invenimus, videlicet [Guidonem Guinizelli], Guidonem de Ghisileriis et Fabrutium Bononienses:

Di fermo sofferire,

et

Donna, lo fermo core,

et

Lo meo lontano gire;

et quosdam alios. Sed si ad eorum sensum subtiliter intrare velimus, non sine quodam elegie umbraculo hec tragedia processisse videbitur.

7. De pentasillabo quoque non sic concedimus: in dictamine magno sufficit enim unicum pentasillabum in tota stantia conseri, vel duo ad plus [in pedibus]; et dico 'pedibus' propter necessitatem qua pedibus, versibusque, cantatur.

8. Minime autem trisillabum in tragico videtur esse sumendum per se subsistens: et dico 'per se subsistens' quia per quandam rithimorum repercussionem frequenter videtur assumptum, sicut inveniri potest in illa Guidonis Florentini,

Donna me prega,

et in illa quam diximus,

Poscia ch'Amor del tutto m'ha lasciato.

Nec per se ibi carmen est omnino, sed pars endecasillabi tantum, ad rithimum precedentis carminis velut eco respondens.

9. Hoc etiam precipue actendendum est circa carminum habitudinem, quod, si eptasillabum interseratur in primo pede, quem situm accipit ibi, eundem resumat in altero: puta, si pes trimeter primum et ultimum carmen endecasillabum habet et medium, hoc est secundum, eptasillabum, [et pes alter habeat secundum eptasillabum] et extrema endecasillaba: non aliter ingeminatio cantus fieri posset, ad quam pedes fiunt, ut dictum est; et per consequens pedes esse non possent.

10. Et quemadmodum de pedibus, dicimus et de versibus: in nullo enim pedes et versus differre videmus nisi in situ, quia hii ante, hii post diesim stantie nominantur. Et etiam quemadmodum de trimetro pede, et de omnibus aliis servandum esse asserimus; et sicut de uno eptasillabo, sic de pluribus et de pentasillabo et omni alio dicimus.

Satis hinc, lector, elicere sufficienter potes [qua] qualit[ate] tibi carminum habituanda sit stantia habitudinem[que] circa carmina consideranda[m] videre.

XIII

1. Rithimorum quoque relationi vacemus, nichil de rithimo secundum se modo tractantes; proprium enim eorum tractatum in posterum prorogamus, cum de mediocri poemate intendemus.

2 In principio igitur huius capituli quedam resecanda videntur. Unum est stantia sine rithimo, in qua nulla rithimorum habitudo actenditur; et huiusmodi stantiis usus est Arnaldus Danielis frequentissime, velut ibi:

Sem fos Amor de joi donar;

et nos dicimus

Al poco giorno.

Aliud est stantia cuius omnia carmina eundem rithimum reddunt, in qua superfluum esse constat habitudinem querere. Sic proinde restat circa rithimos mixtos debere insisti.

3. Et primo sciendum est quod in hoc amplissimam sibi licentiam fere omnes assumunt, et ex hoc maxime totius armonie dulcedo intenditur.

4. Sunt etenim quidam qui non omnes quandoque desinentias carminum rithimantur in eadem stantia, sed easdem repetunt sive rithimantur in aliis, sicut fuit Gottus Mantuanus, qui suas multas et bonas cantiones nobis oretenus intimavit. Hic semper in stantia unum carmen incomitatum texebat, quod clavem vocabat; et sicut de uno licet, licet etiam de duobus, et forte de pluribus.

5. Quidam alii sunt, et fere omnes cantionum inventores, qui nullum in stantia carmen incomitatum relinquunt quin sibi rithimi concrepantiam reddant, vel unius vel plurium.

6. Et quidam diversos faciunt esse rithimos eorum que post diesim carmina sunt a rithimis eorum que sunt ante; quidam vero non sic, sed desinentias anterioris stantie inter postera carmina referentes intexunt. Sepissime tamen hoc fit in desinentia primi posteriorum, quam plerique rithimantur ei que est priorum posterioris; quod non aliud esse videtur quam quedam ipsius stantie. concatenatio pulcra.

7. De rithimorum quoque habitudine, prout sunt in fronte vel in cauda, videtur omnis optata licentia concedenda; pulcerrime tamen se habent ultimorum carminum desinentie si cum rithimo in silentium cadant.

8. In pedibus vero cavendum est; et habitudinem quandam servatam esse invenimus. Et, discretionem facientes, dicimus quod pes vel pari vel impari metro completur; et utrobique comitata et incomitata desinentia esse potest; nam in pari metro nemo dubitat; in alio vero, si quis dubius est, recordetur ea que diximus in preinmediato capitulo de trisillabo, quando pars existens endecasillabi velut eco respondet.

9. Et si in altero pedum exsortem rithimi desinentiam esse contingat, omnimode in altero sibi instauratio fiat. Si vero quelibet desinentia in altero pede rithimi consortium habeat, in altero prout libet referre vel innovare desinentias licet, vel totaliter vel in parte, dumtaxat precedentium ordo servetur in totum; puta, si extreme desinentie trimetri, hoc est prima et ultima, concrepabunt in primo pede, sic secundi extremas desinentias convenit concrepare; et qualem se in primo media videt, comitatam quidem vel incomitatam, talis in secundo resurgat; et sic de aliis pedibus est servandum.

10. In versibus quoque fere semper hac lege perfruimur; et 'fere' dicimus quia propter concatenationem prenotatam et combinationem desinentiarum ultimarum quandoque ordinem iam dictum perverti contingit.

11. Preterea nobis bene convenire videtur ut que cavenda sunt circa rithimos huic appendamus capitulo, cum in isto libro nichil ulterius de rithimorum doctrina tangere intendamus.

12. Tria ergo sunt que circa rithimorum positionem potiri dedecet aulice poetantem: nimia scilicet eiusdem rithimi repercussio, nisi forte novum aliquid atque intentatum artis hoc sibi preroget; ut nascentis militie dies, qui cum nulla prerogativa suam indignatur preferire dietam: hoc etenim nos tacere nisi sumus ibi,

Amor, tu vedi ben che questa donna;

secundum vero est ipsa inutilis equivocatio, que semper sententie quicquam derogare videtur; et tertium est rithimorum asperitas, nisi forte sit lenitati permixta: nam lenium asperorumque rithimorum mixtura ipsa tragedia nitescit.

13. Et hec de arte, prout habitudinem respicit, tanta sufficiant.

XIV

1. Ex quo duo que sunt artis in cantione satis [sufficienter] tractavimus, nunc de tertio videtur esse tractandum, videlicet de numero carminum et sillabarum. Et primo secundum totam stantiam videre oportet aliquid; deinde secundum partes eius videbimus.

2. Nostra igitur primo refert discretionem facere inter ea que canenda occurrunt, quia quedam stantie prolixitatem videntur appetere, quedam non. Nam cum ea que dicimus cuncta vel circa dextrum aliquid vel sinistrum canamus - ut quandoque persuasorie quandoque dissuasorie, quandoque gratulanter quandoque yronice, quandoque laudabiliter quandoque contemptive canere contingit -, que circa sinistra sunt verba semper ad extremum festinent, et alia decenti prolixitate passim veniant ad extremum ...